종

함명춘

시인의 말

나는 늘 바람이 들고 다니는
가방을 갖고 싶었다
담고 넣고 채우기 위한 가방이 아니라
꺼내고 버리고 비우기 위한 가방을
그래서 세상에서 제일 가볍고 가벼워서
세상의 그 누구도 들고 다닐 수 있는 가방을
하나 현실은 그렇지 못하여
글자로라도 한 올 한 올 엮어서
바람의 가방을 닮은 시를 쓰곤 했다
담고 넣고 채우기 위한 시가 아니라
꺼내고 버리고 비우기 위한 시를
그래서 세상에서 제일 가볍고 가벼워서
세상의 그 누구도 읽을 수 있는 시를
하나 이 또한 그 무엇보다도
무모하며 불가능하다는 걸 알면서도……

바람에게 이 시집을 바친다

2024년
언제나 봄, 함명춘

종

차례

1부 바람의 선물

2부 낙화암, 그 사람

3부 집으로 가는 길

4부 지붕 위에 소

해설

—장정일(시인)

1부
바람의 선물

나무늘보

얼마나 무겁고 큰 것을 짊어지고 가기에
저토록 느리게 기어오르는 걸까
시작과 끝이 보이지 않으니
가늠조차 할 수 없으니
그건 고뇌일 거다
그래, 지상의 고뇌란 고뇌는 모두 끌어모아
등 위에 짊어지고
나무 꼭대기에 올려놓으려 하는 거다
다시는 지상의 그 누구에게도
돌아가지 못하도록
아예 큰 구름 위에
붙들어 매어 두기 위해 기어오르는 거다

돌부리

참으로 궁금했습니다
마음만 먹으면
셀 수 있을 낙엽수와
듬성듬성 서 있는 소나무가 전부인
저 언덕에 오르면
왜 당당해지고 세상이 작게만 보이는지
눈 녹듯 두려움이 사라져 가는지
언덕에 박힌 돌부리에
걸려 넘어지면서 알게 되었습니다
파면 팔수록 돌부리는
더 깊고 단단하게
끝없이 자라고 있었습니다

살구나무

너는 나를 만나기 전부터
자기 살을 뚫어 가지를 내고
가지마저 뚫어 잎을 틔워 그늘을 만들었고
비바람을 막아 줄 우산을 펼쳐 놓고 있었다
세상에 태어나 처음 너를 본 순간부터 지금까지
난 너의 품으로 뛰어들기만 하면 되었다
너는 자신의 살까지 열매 속에 담아 주었다
사랑은 만나고 나서 하는 게 아니라 그 전에
마음속 가득 채워 놓아야 한다는 걸 알게 해 주었다
언제든 난 너를 떠나도 되었고
언제든 돌아가면 너는 나를 안아 주었다
나를 만나기 훨씬 전부터
너는 나를 사랑하고 있었다

소양강

강이 흐른다, 바다로가 아니라
누군가의 가슴에 안기기 위하여

안겨서 깊이 박힌 못을 뽑아 주고
지워지지 않는 못 자국을 씻겨 주기 위하여

강줄기는 그 기나긴 여정의 발자국이다

한 번이라도 가슴에 금 간 적 있었던 사람들이
염소 무리처럼 강가에 모여든다

두 귀를 지나 가슴속까지 범람하는 강물을 안고,
어떤 이는 침묵 속에 자신을 놓아두거나
강둑을 따라 정처 없이 걸으며

진정으로 아파 본 자는 안다
구름을 헤집고 나온 사소한 한 줄기 빛도
시든 꽃도 다시 일으켜 세울 수 있다는 것을

발바닥에 잡힌 물집을 터뜨리며
이 순간만큼은 누군가에게 한 줄기 빛인
강이 흐른다 가슴에서 가슴으로

그 누군가의 가슴에 안기지 못한
강물만이 바다로 흘러간다

벚꽃눈물

쌍계사에서 화개장터까지
뼈를 깎아 세운 가지와
살을 뚫어 틔운 꽃잎과
입술을 깨물면서까지 터뜨린 향기를
잇고, 붙여서 낸 벚꽃의 십 리 길
이제야 좀 쉬려 했는데
봄은 벌써 다 됐다고
돌아가자고 자꾸 재촉하니
함박눈 같은 눈물만 뚝, 뚝

연필

그리운 이에게 밤새 쓴
편지를 부치고 돌아왔을 때
내 손에 붙들려 수없이 부러지고 깎여 나간
앓는 듯 누워 있는 연필을 바라보다
문득 그리운 이를 그리워한 이는
내가 아니라 저 연필은 아니었는지
연필이 오히려 내 손을 빌려
자기 마음을 전한 건 아닌지
머리 지우개마저 다 쓸려 나가고 없는
아무 조건도 없이 다 내준 저 연필이야말로
진정한 사랑은 아니었는지

뿌리

고드름의 전생은 추위와
배고픔에 얼어 죽은 나무뿌리였으리
집 한 채를 끌고 들어갈 듯이
땅을 향해 한 발 두 발 발걸음을 내디디며
이제는 추위와 배고픔을 거름 삼아
무럭무럭 자라나는 고드름
그의 꿈은 언젠가 땅속 깊이 뿌릴 내려
한 그루 나무가 되는 것이리
훗날 줄기를 내리고 가지를 뻗어
계곡을 덮고 산을 품에 안은
울창한 숲이 되는 것이리

비상

새 한 마리 하늘 높이 날아오른다

새는 날개로 날아오르는 게 아니라

가슴 저미는 세월을 지나 배 속에서부터

뼛속까지 삼켰던 눈물의 뿌리로부터

쩌렁쩌렁 고봉준령을 흔드는

한 송이 울음 꽃을 피워낸 저 목청의

힘으로 날아오른다, 그 힘으로 새는

제 눈물의 뿌리를 향해 다시 돌아온다

후예

날마다 바다를 향해
사제司祭처럼 무릎을 꿇고 두 손을 모은 채
기도하는 시소의 소망은
누가 와 앉든
어느 쪽으로도 기울지 않는 수평선이 되는 겁니다
누가 와 무슨 말을 속삭이든
어느 쪽으로도 치우치지 않는 수평선이 되어
세상을 품어 보는 겁니다
아주 오래전, 시소는
태풍에 분질러져 떠밀려 온
수평선 중 하나일지 모릅니다

웃는 돌
—제주 삼성혈에서 만난

내 모두 내버렸다

두 눈 부릅뜨고 쫓기만 했던 허명

허공에 고수레 뿌려 버렸고

한 줌 모래알만큼의 부와

보여 주기 위해 쌓았던 크고 작은 치적들

썩은 무청 뽑듯 뽑아 던져 버렸다

거름으로도 쓰지 못할

한 생애, 내지른 건 탐욕과 미움뿐이었던

몸뚱어리도 내다 버렸다

그렇게 버리고 버려서 미소 하나 남겨 놓았다

그 무엇이 흔들어대고 후벼 파도

끄떡도 하지 않을 미소를

두 귀까지 초승달처럼 걸어 놓았다

해녀

전복 하나 더 따고 싶을 때

소라 하나 더 캐고 싶을 때

조금 더 깊은 물 속으로 들어가고 싶을 때

단숨에 욕망의 빗창*을 거둬들이는 일이다

온 힘을 다해 오리발을 휘저어

물 위로 올라오는 일이다

*해녀들이 전복을 채취할 때 쓰는 도구.

담벼락

오랜 세월 틈을 벌리고 벌려
네가 스스로 허물어져 주어서
골목의 숨통이 트였고
저 활짝 열린 느티나무와 새와 하늘을
눈에 가득 담고 있어야
비로소 집에 갈 수 있게 되었다
덕분에 짧았던 귀갓길이 십 분 더 길어졌고
누군가를 향한 나의 사랑도,
그리움도 십 분 더 길어졌다
네가 스스로 자리를 비워줘서
뱃고동의 이목구비가 더욱 또렷해지고
저녁마다 수평선에 가오리연처럼 걸린
노을을 볼 수 있게 되었다
온종일 두 귀를 적시는 파도도
노래가 된다는 걸 알았다

새 나뭇잎

가을이 오면 나무는
새 나뭇잎을 만든다 서걱이는
나뭇잎 앞뒤를 빨갛게 노랗게 물들인 후
햇볕에 내어 말린다 다 마르면
하나둘씩 자기 몸에서 떼어내 세상에 내보낸다
새 나뭇잎들은 바람을 타고 가며
거리의 나뭇잎이 되고
누군가 떨어뜨리고 간 눈물의 나뭇잎이 된다
먼 골짜기 적막이나
달과 별의 나뭇잎이 된다, 그렇게 나뭇잎은
나무가 아니라 세상의 나뭇잎이 된다
벌거벗은 나무가 될 때까지
그 일은 계속된다

저녁의 마음

달의 눈이 그윽하니
마른 꽃잎이라도 하루 더 꽃대에 머물다 가라고
무릎 위 두 손을 얹고
가만히 앉아 있는 바람을 보고 있거나
새 울음소리 강이라도 건너라고
속엣말로 다리를 놓아주는
적막들을 보고 있는 거다
조금이라도 별들이 더 빛났다 가라고
어둠의 옷을 자꾸만 껴입는 이 저녁의
마음을 보고 있는 거다

돋보기

숲에 서 있으면
내 마음속에 서 있는 것 같다
한곳에 머릴 처박고 자기밖에 모르는 나무와
꿈쩍도 않는 고집불통의 바위들
늘 생각을 달고 사는 나뭇잎과
날개가 있어도 얼마 못 가
다시 돌아오는 가슴이 작은 새들
고고한 척, 머리에 뭔가 든 척
꼿꼿이 허릴 세우고 서 있는 꽃들
저 미사여구의 꿀벌들
돋보기처럼 속속들이 내 마음을
들여다보고 있는 것 같다

바람의 선물

이달로 열두 살 된
자전거가 데려다준
지붕이 노란 나의 집 앞에 선다

우체통도 열어 보고
해바라기같이 굴뚝이 길게 목을 빼고 피어 있는
뒤뜰로 가 둘러본다

그냥 지나쳐 간 모양이다
집에 들어와 창문을 열려는데

창턱 위에 노란 나뭇잎, 빨간 나뭇잎
두 개를 놓고 갔다

바람의 집

내 고향 잣나무숲엔 바람이 산다
그의 하루는 날마다 깊은 잠을 자는 일이다

그가 세상을 향해 길을 나설 때면
꼭 두 손과 두 발을 두고 나간다

그 어떤 것도 가지지 않기 위해
잠시라도 한곳에 머무르지 않기 위해

잣나무 밑동, 땅을 움켜쥐고 있는
뿌리가 그의 손이자 발이다. 그래서

그가 지나간 자리엔 지문이 없다 발자국이 없다
몇 개 가로등이 겨우 길을 밝히는 밤

내 꿈속까지 찾아온 바람이
서너 바퀴를 돌고 나간다 징검돌처럼
허공에 잣나무 향을 띄엄띄엄 내려놓으며

언젠가 그는 잣나무숲으로 돌아가
다시 깊은 잠을 잘 것이다
보다 더 멀리 세상을 소요하기 위해

내 고향 잣나무숲엔 바람이 산다

고해성사

태어나
말을 배우고 난 뒤부터
저는
사실대로
진실대로
말한 적이
단 한 번도 없습니다
이것이 태어나
말을 배운 뒤
처음으로
사실대로
진실대로
말한 것입니다

산책

향기가 나 고개를 들어 보니
산 위에 노을이 곱게 피어 있다

하루가 키운 꽃 중
가장 아름다운 저녁의 연꽃

저녁의 연꽃이 지면

양 치는 소년처럼
달은 수많은 별들을 몰고 오고
별들은 풀같이 돋은 어둠을 뜯어 먹으며
빛을 내리라

세상의 적막이란 적막은 모두
그곳에 길을 대리라

비 갠 후

세상으로부터 뜯기고
베이고 할퀴이고 던져지고
쫓겨 온 것들끼리

버려진 것에서
또 추려지고 솎아져서
최후까지 버려진 것들끼리

비를 맞으며 키워낸 오물장의 애기똥풀들이

엉, 금, 엉, 금

내 마음까지 기어와
한 무더기 미소를 쌓고 있다

소신공양

벗꽃나무 가지 위 소복이 쌓인
오래 묵은 눈송이들이
소신공양하듯 머리부터 발끝까지
자꾸만 햇볕을 끼얹는다
활활 햇볕에 휩싸인 채
흰 살과 흰 뼈가 주저앉아 내리며
사리처럼 영롱한 물방울을 남기고 사라진다
한 점 물방울이나마 일용할 양식이 되라고
자릴 내주었던 벗꽃나무를 위해
밑동을 지나 뿌리까지 흘러내려 간다
벗꽃나무에 벗꽃이 필 때까지
나뭇가지 위 또 다른 눈송이들이 제 몸에
끊임없이 햇볕을 끼얹는다

밥

햇볕과 비바람을 뚫고
나락의 껍질 다 벗겨질 때까지
실컷 두들겨 맞은 뒤
이 세상에 흰 속살로 와
펄펄 끓는 물을 지나서
그 누구에게 한눈팔지도 말을 건 적도
마음을 준 적도 없이
수저 위에 몸과 마음을 얹은 채
곧장 나의 입 속을 향해
쑤욱 들어오는 지금 이 순간이
너의 첫사랑이겠구나,
마지막 사랑이겠구나

2부
낙화암, 그 사람

믹서기

어느 틈으로 들어온 걸까
바닥에 배를 깔고 조용히 있거나
몸을 숨기고 있다가도 누군가가 들어오면
지느러미를 흔들며 솟구쳐 일어나
톱날 같은 입 속 이빨로 물어뜯고
뼈째 씹어 산산조각 내어 버리는
성난 파도처럼 벽을 할퀴고
튀어나오려 뚜껑을 들이받는 백상어
바다로 돌아가기 위한 격한 몸짓이다
고막이 나갈 것 같은 굉음은
바다가 그리워 우는 소리이다
폭파시켜 버릴 듯 백상어가
꿈틀거리는 믹서기를 보면
난 자꾸 뚜껑을 열어 주고 싶다

핸드폰

아내와 통화를 한다
핸드폰 속에서 시냇물 소리가 난다
그 소릴 따라 소나무 숲길 지나
작은 둔덕을 넘어가니
참새만 한 돌들을 품고 있는
시냇물이 눈에 들어온다
첨벙첨벙 두 발을 담그고
물장구를 치고 있는데
아내는 왜 갑자기 말을 안 하냐고 다그친다
제 얼굴 건지려 물가에 서성이고 있는 줄 모르고
어미 소에게 자꾸 혀로 매를 맞는
아기 소를 보고 있는데
아내는 그럴 거면
전화를 끊으라고 성화다

고승

소파에서 낮잠을 자다 깨어 보니
텔레비전이 있던 자리에
고승이 가부좌를 틀고 앉아
지그시 두 눈을 감고 면벽을 하고 있다
검은 염주알 하나씩 넘어갈 때마다
번민으로 출렁거렸던 일들을 지우고
목탁 소리가 잦아들기 전에
희로애락으로 들끓던 날들도 끊어 버리며
합장을 한 채 염불을 외고 있다
별빛 한 점 없는 칠흑의 바다로 걸어 들어가
천상천하 유아독존을 외치고 있다
심해어처럼 더 깊은 내면을 향해
천천히 사라져 가고 있다

하롱베이

모래알만큼 많은 하롱베이의
어느 작은 섬에서 살았더랬다
가진 거라곤 한 벌의 청상의와 청바지
서너 개의 낚싯바늘이 전부였다
시력 좋은 근심의 눈조차 닿지 않는
절벽에 굴을 파고 야자수 잎으로
차양을 드리운 채 적막이랑
깨가 쏟아지도록 살았더랬다
아침엔 오 자 크기의 참돔을 잡아 구워 먹고
점심과 저녁엔 바닷가재를 먹으며
가장 먼저 뜬 별에게 더없이 행복하다고
손을 대고 귀띔을 해 주었더랬다
질 좋은 햇볕의자를 하나 골라 앉아서
하루 종일 내가 왔었던 곳과 앞으로의 나를 잊고
지금의 나를 절대로 잊지 않는 거였더랬다
돌고래들이 내 몸속까지 들어와
널뛰기를 하고 내 몸이 공중부양처럼
떠 있는 구름이 될 때까지 망망한

바다를 바라보는 거였더랬다
고막을 찢을 듯한 핸드폰 벨 소리가
네가 있어야 할 곳은 바로 여기라며
달달한 쪽잠을 깨뜨리고 들어와
날 다시 서류 더미 앞에 세워 놓기 전까지
두 눈을 감고 한 마리 거북이가 되어
바닷속을 천천히 유영하는 거였더랬다 그러다
모래알만큼 많은 하롱베이 밤하늘의
별이 되어 반짝이는 거였더랬다

초원

어느 날 그는 대기업의 전도유망한 젊은
임원임을 거부했고 주식 왕이기를 거부했다
노모의 하나밖에 없는 아들이란 것도 거부했다
그의 목표는 고향이었던 세렝게티 초원으로
돌아가는 것이었다 그 후 그의 동네엔 변고가 잦았다
인근 산의 풀들과 나뭇잎들이 사라지고 있었다
나중엔 유실수의 열매들도 사라지고 있었다
산이 황폐화되자 산림청과 경찰이 조사에 나섰다
수사망이 좁혀져 오는 것을 직감한 그는
바깥출입을 삼간 채 그간 저장해 둔 풀과
열매들을 먹기로 했다 그의 집에선 쿵쿵거리는
발자국 소리가 들리는가 하면 지진처럼
가끔 집 전체가 무엇엔가 흔들리기도 했다
어느 날 그의 집에서 홀로 계신 노모의
비명 소리가 났다 아들 방에 덩치 큰 코끼리가
출현했다는 것이었다 응급 구조대원들과
동물원 관계자들이 들이닥쳤다 아들 방 창밖으론
코끼리의 왼발과 긴 코가 뻗어 나와 있었다

조금이라도 움직이면 집 지붕이 주저앉을 것 같았다
안전 요원들은 일단 마취제를 쏘았고
포클레인을 불러 방 한쪽 벽을 부순 뒤
육중한 코끼리를 끌어내 우리에 구겨 넣었다
코끼리를 태운 트럭이 도착한 곳은 동물원이었다
마취에서 깬 코끼리는 난동을 부리기 시작했다
조련사들은 채찍질과 전기고문도 불사했다
코끼리는 발버둥을 쳤다 그들에게 굴복한다는 건
동물원에서 평생을 갇혀 산다는 것이었다
갈수록 제어하기 어렵게 되자 관계자들은
야생으로 돌려보내는 쪽으로 중지를 모았다
동물원 마지막 날 밤, 우리에 갇힌 코끼리를
보러 온 노모가 천천히 코끼리에게 다가갔다
네가 내 아들이란 거 안다 그토록 가고 싶은 곳이니
어서 가 부디 행복하게 잘 살아 다오
고갤 숙인 채 등을 돌리고 나가는 노모를 바라보는
코끼리의 눈에선 눈물이 떨어지고 있었다
창문 너머론 세렝게티 초원 위에서 반짝였던

별들이 흘러와 그를 향해 빛을 뿜고 있었다

신선국수

소쇄원 가는 길에 듣도 보도 못한
국숫집이 보여 국수를 시켜 먹었다
안개의 담장 넘어 굴뚝도 안개를 뿜어대는 국숫집
신선神仙들이 두다가 간 것 같은 바둑판 위
하얀 치아를 드러내며 웃는 국수를 먹었다
오래된 적막의 기왓장들을 깨트리며
계곡을 따라 흘러오는 새소리와
바람 소릴 고명처럼 얹어 국수를 먹었다
사방이 안개뿐이라 아무도 나를 찾지 못할
국숫집에 신선처럼 들어앉아 국수를 먹었다
상처를 받고 때론 상처를 준 나에게도
배신을 하고 때론 배신을 당한 나에게도
한 그릇의 따뜻한 국수를 먹여 주었다
소쇄원의 맑은 물 흘러내리는 정자와
대숲도 대신하지 못할 국수를 시켜 먹었다
다시 돌아와도 못 먹을, 어쩌면 생의
마지막일지 모를 국수를 시켜 먹었다

종鐘 이야기

그의 몸은 종루였고
마음은 종루에 걸린 종이었다

종에선 날마다 종소리가 울려 퍼졌다

하나 아무리 귀 기울여도
종소리를 들을 수 없었다

한없이 자신을 낮추고
남을 위해 흘린 땀방울과
눈물이 종소리였기 때문이다

임종 직전까지 한없이 자기를 낮추고
남을 위해 땀방울과 눈물을 흘렸던

그를 기리기 위해 사람들은
주일에 한 번씩 그가 행했던 일을 따랐다

날이 갈수록 종소리는
점점 더 크게, 더 멀리 울려 퍼져 나갔다

하나 아무리 귀 기울여도
종소리를 들을 수 없었다

그것을 사람들은 사랑의 종소리라고 불렀다

물방울

나는 나를 꽉 껴안았다
늘 바람 잘 날 없는 나무의 품속 한 귀퉁이에서
바람이 나를 끌어내리려
허리가 휘어지도록 나무 흔들어댈 때마다
햇살, 그 굶주린 뱀들이 혀를 날름거리며
내 몸을 칭칭 감아 오를 때마다
난 나를 지키기 위하여 날마다
내 몸 주위에 차고 단단한 보호막을 쳤다
보호막 밖으로 자꾸만 빠져나가는
팔다리를 둥글게 말아 넣으며
잎에서 잎으로 줄기에서 줄기로
조심스럽게 배를 붙이고 기었다
발이라도 헛디디는 날이면
모든 것이 끝장나는 하루에도 수십 번씩
외마디 비명과 함께 잎들이
사형수처럼 단칼에 목이 떨어져 나가는
나뭇가지 어느 한 귀퉁이에서

뜬장

구름 위라 생각하자
안전하라고 쇠창살을 세워 주고
외로워하지 말라고 꽉꽉 벗들로
채워 주는 거라 생각하자
얼마나 좋은가 하루 한 끼 밥이 꼬박꼬박 나오고
아무리 응가해도 숭숭 구멍 난 철망 밑으로
변이 빠져나가 더러움이 쌓이질 않으니
이제 그만 떨고, 여기가
언젠가 천국으로 가기 위해 머무는
구름 위 호텔이라 생각하자
어느 날 하나둘씩 때론 통째로
벗들이 들려 나가는 건
드디어 천국행 트럭을 타는 거라 생각하자
곧 내 차례도 올 거라 생각하자

낙화암, 그 사람

사는 게 막막해 불치병이나 사고로
어떻게 되기를 바란 적이 있었다
나의 무능을 그렇게라도 덮어 버리고 싶었다
그때 무슨 짓을 할지도 모르는
나 외엔 아무도 없는 낙화암 좁은 절벽 길을
걷고 있을 때, 문득 떨어지지 않으려고
한 포기의 풀이라도 움켜쥐려는
내 몸속 누군가의 손아귀를 보면서
강을 향해 돌을 던지고 한참을 울더니
살아야지 살아내야지 혼잣말을 하며
고란사 뒷길로 성큼성큼 걸어나가는
내 몸속 누군가의 발자국 소릴 들으면서
막막은커녕 무능해지려면 멀었고
포기하기엔 아직 때가 아님을 알게 해 준
낙화암, 그 사람을 난 잊을 수가 없다
은근슬쩍 삶이 또 막막 쪽으로 휘어지려 하면
기억 속에서 그를 꺼내 보곤 하는 것이다
고란사 뒷길로 걸어 나가는 그의 발자국 소리를

무작정 뒤따라가 보곤 하는 것이다

봉은사*

회사 근처라 자주 갔다
눈에 한 바구니 꽃을 캐어 오려고
귀에 한가득 새소리 담아 오려고
돌았던 길을 매번 걸으니 연꽃처럼 새겨진
나만의 둘레길이 사철 피고 지곤 했다
둘레길엔 관음보살 무릎 같은 돌이 있어서
쉬었다 가는 날이 많았다 그곳에서
승진은 필요 없고 오래 회사만 다니게 해 달라고
불자도 아닌데 기도를 드렸다
사는 게 왜 내 마음 같지 않느냐며
대웅전까지 찾아 들어가 따져 물은 적도 있었다
어떤 날은 청초한 한 그루 홍매화보다
절 밖 고층 아파트 쪽으로 고개가 돌아가는
내 맘속 소의 고삐를 붙들어 매 달라고 빌었다
언제나 묵묵히 나의 말을 들어 주는
부처의 크고 넓은 귀를 닮은 자비가
대로까지 날 마중 나와 있는 것 같았다
마음에 먹구름이 끼는 날에도 갔고

마음에 해가 뜨는 날에도 갔다
나를 옭아매는 그 뭐든 벗어 던지고 싶을 때도 갔다
극락이 별거더냐 바로 여기다 싶었다

*서울 강남구 삼성동에 위치한 천년 고찰.

품

취중인 듯 휘청거리는 몸에
서류 가방을 들었고, 반쯤
머리가 벗겨진 것이 중년의 사내 같습니다
밤하늘의 구름 사이에 떠 있는
그대의 품에 얼굴을 파묻고
괜찮다고 노랠 부르고
정말 괜찮다고 휘파람도 불며
웃던 그가 자리를 뜹니다
빈틈없이 빛으로 꽉 차 있어도
한눈에 들어오는 그대의 품에 찍힌 눈물 자국은
그가 흘린 겁니까 아니면,
그대가 흘린 겁니까

등대집

등대집 하나 짓고 싶다.
열 평도 커 반 뚝 떼어 버리고
일 층은 주방 이 층은 침실 삼 층은 작업실
밤마다 시의 등불을 켜 두고 싶다.
바닷가가 아니라 깊은 내륙,
시의 등불로 도시의 밤을 지켜 주는.
먹고사는 일에 파묻히고
배반과 시기에 눈이 멀어
나조차 잊어버릴 날 많은 내 마음속에도
등대집 하나 세우고 싶다. 그곳에서
아직 낱말조차 되지 못한 자음 모음의 별들을
새벽녘까지 품고 뒹굴다가
아름답고 의미 있는 것보다는
세상에서 가장 추하고 의미 없는 것들을 위해
온종일 빛을 뿜어 줄
햇볕 닮은 시를 낳고 싶다.

봄바람

강남역에서 뱅뱅사거리 쪽으로
등이 휜 소가 달구지를 끌고
던킨도너츠 앞을 지나가다 멈춘다
땔감나무가 한 짐인 달구지 귀퉁이엔
노인이 걸터앉아 늦은 점심을 때우고
한 손에 곰방대를 들고 노랠 부른다
노래는 거리를 덮고 어느새 내 손은
무릎을 치며 박자를 탄다
듣지도 보지도 못한 채 무심히
사람들이 지나가니 나 홀로 들을 수밖에
노래는 하늘까지 닿아서 구름의 어깨가 들썩이고
희뿌연 먼지를 뒤집어쓴 가로수들이
저녁 늦도록 탈춤을 춘다

봄바람이 분다

횡단보도

붉은 신호등이 들어온다
문득 오일장처럼 서는
강을 따라 고기들이 달린다
멀리 가기 싫은 붕어는 내 발밑에 숨고
은어와 잉어는 앞뒤 안 보고
하류를 향해 달려간다
어여 가서 이제야 아스팔트길 들어서는
내 시골집 마당에 예쁜 접시꽃 피어 있는지
저녁마다 연꽃처럼 피는 굴뚝의 연기
무사히 산을 넘는지 알려 다오
붉은 신호등이 녹색등으로 바뀌기 전에
마음만이라도 하류로 흘러가
어머니가 차려 주신 따뜻한 밥 비우고 오게
그리워할 틈조차 없는
빽빽이 솟은 빌딩숲과 소음의 덤불 위로
접시꽃 몇 송이 달아 두게

강남역

인적 없는 곳만 어디 두메인가
도심 한복판에 곱게 피어 있어도
아무도 찾아 주지 않는 이 두메 아닌 두메에
보도블록 틈바구니가 마당이고
길가의 가로수가 울타리인 집을 짓고
민들레 한 송이가 살고 있네
클랙슨 소리 나비처럼 들어앉았다 나가고
출렁이는 차들의 물결 위로
다 흘려보낸 줄 알았던 시름들 더 큰
시름이 되어 돌아오는 오늘도
벗이라곤 적적寂寂뿐이지만
저 많은 행인 중 어느 한 사람 찾아 줄지 몰라
꽃봉오리를 등처럼 매달아 놓은 채
새벽녘까지 서서 기다리네

애인

차 문을 열고 들어가니
그녀가 조수석에 햇볕 한 섬 쌓아 두고
나를 기다리고 있었습니다
봉지에 담아 온 옥수수와 귤을 까먹는
저를 한참 바라봐 주었습니다
내 깊은 탄식과 푸념도 받아 주었습니다
느닷없이 하늘에 천둥이 치고 먹구름이 끼자
그녀가 어디론가 사라졌습니다
차 속으로 빗소리가 스며들고 있었습니다
그녀가 있던 자리는 아직도
온기가 한 섬 쌓여 있었습니다
그곳에 가만히 손을 갖다 대고
그녀가 돌아오기만을 기다렸습니다

커피포트

뚜껑을 열고 물을 붓자
내 얼굴을 눈에 담고 깜빡이는 우물
두레박 타고 저 밑으로 내려가면
복숭아꽃이 지붕을 이루고
소가 연자방아를 돌리는 마을이 나올 거다
사립문 지나 수시로 산을 넘는
아이들 웃음소리 따라가면
수평선까지 푸른 이불을 덮고
낮잠을 자는 바다도 나오겠지
몹쓸 꿈을 꾸거나 발로 이불을 걷어찰 때
일순 파도가 치솟았다 허물어지는
그곳을 향해 복숭아꽃 가지가 휜다
어느새 내 무릎이 가닿았는지
난 하얀 나비 떼가 되어
구름의 품에 안겼다 바다의 꿈속까지
날아올랐다 되돌아온다

3부

집으로 가는 길

초艸

하루도 흔들리느라
힘들었다

웅성웅성 둑길 따라
적막이 어린 염소처럼 몰려들면

가장 어두운 곳에서부터
별이 뜨겠지

만원

수많은 별이 떠도
별빛이 스며들 틈이 없다
한 숟갈의 밥은커녕
한 모금의 물과 쪽잠도
수일째 껴들지 못한다
공기조차 설 자리가 없어
도무지 숨을 쉴 수 없다
온통 너의 생각으로
꽉 차 있기 때문이다

시골역

길 잃은 강아지와
굽은 허릴 이끌고
꼭두새벽부터 나와 서성이는 노인과
풀씨를 쪼아대는 참새들이
한 줄로 서 있다
문득, 산모퉁이를 돌아
기차 바퀴 소리가 들려오자
동시에 그곳을 향해
휙 고개가 돌아간다

우린 때로 그리움으로 하나가 된다

단박

새가 날아오를 수 있는 건

사철 비옥한 들판도
키 큰 미루나무 가지 위의 둥지도
긴 세월 바위가 품은 샘물도
바람이 길이고,
고요가 울타리인 숲속의 산책로도

단박에 내려놓을 수 있기 때문이야

꽃자리

누굴까 입술을 꼭 닫은
꽃봉오리 속에서 꽃을 가져간 이는
꽃이 피어야 시작되었을
나의 관심은 비교조차 될 수 없을
그의 사랑은 아마도 꽃씨가
땅에 떨어지기 훨씬 이전부터 시작되었을 것이다
그것은 꽃씨에서 뿌리를 지나
가지와 잎으로 퍼져 나갔을 것이다
비가 오든 바람이 불든
그는 늘 꽃 곁을 지켜 주었을 것이다
꽃은 뿌리째 흔들렸을 것이다
그가 꽃을 가져간 게 아니라
꽃이 꽃봉오리를 열어 그에게 꽃을 주었을 것이다
마음까지 내주었을 것이다

집으로 가는 길

꽃이 핀다 꽃이 피는 쪽으로
길게 머릴 베고 드러눕는 길
저 길 머리맡 푸른 새싹같이 돋은
작은 집을 향하여 걷는다
마음이 지치면 몸으로
몸이 지치면 마음으로 서로를 보듬으면서
걷는 만큼 다가오는 이 길의 속도
결코 우리보다 빠르지 않게 느리지 않게
방금 언덕을 넘어온 키 작은 몇 명의 어둠도
아픈 기억의 발바닥까지
뻗어 나간 길도 함께 모여 걷는다
잠시 어제와 오늘을 잊고
맑은 향기 수돗물처럼 쏟아져 내리는
집으로 가는 길 걷는다

공항버스

바람이 차네요
평소 기관지가 약해 당신이 자주 둘렀던
목도리를 짜 가지고 갑니다
거짓말하면 귀가 빨개지고
수줍으면 말을 더듬던 사람
늦은 퇴근길엔 귤 한 봉지라도 사 들고 온 사람
하나 지병이었던 기관지가 도져
예고 없이 하늘나라로 간 당신을
조금이라도 더 가깝게 만나기 위해
전 지금 공항버스를 타고 만나러 가는 중입니다
목적지에 가닿을수록 가슴이 뛰네요
비행기에 몸을 싣고 이륙을 하면
창 너머 하늘 구름밭에서 안개꽃 한 아름 꺾어 들고
당신이 꼭 뛰어올 것만 같아서
노을과 함께 저물어 가는 공항버스
그곳에 뭇별들 떠오르면 제일 먼저
당신을 찾아보겠지요

백일홍 수녀

백일홍 곱게 피어 있었지요
광안리 바다 물결 같은 적막이 일렁이는 수녀원
앞마당, 뒷마당에도 읽다 만 책 속에도
가을비 머금은 두 뺨부터 보였지요
태어나 한 번도 져 본 적 없는 미소로 맞아 주었지요
비는 내리고 아니, 비조차 불러 모으며
지난봄부터 상추같이 잘 씻어 놓은
바람 소리, 새소리 잘 깎아서 내놓아 주었지요
체하지 말라고 고요 한 잔도 따라 주었지요
고요 한 모금 위胃에 닿기도 전에
하늘의 구름떡 뚝 떼어서 내 손에 쥐어 주었지요
더 주고 싶어 가만히 있지 못하는 나뭇가지
삼랑진역 지나 대전역쯤 기차가 쉴 때
쪽잠에서 깨어나서야 비로소 꿈속의 백일홍이
서너 시간 전 뵙고 왔던 수녀님이란 걸 알게 되었지요
기도 속에 나를 담아 두 손 모아 빌어 주시던
조개 속에 종이로 돌돌 말린 주님 말씀 뽑아 주시던
광안리 바다 물결 같은 적막이 일렁이는 수녀원

아직도 백일홍은 곱게 피어 있겠지요
내 마음속까지 핀 꽃잎들이 함박웃음 지으며
언제라도 날 맞아 주시겠지요

아름다운 비행

난 알아요, 단 한 번도
눈물 흘린 적 없는 그대의 두 눈
말보다는 침묵을 위해 마련된 입술
북극처럼 차갑고 먼 그대의 가슴속엔

햇살을 머금고 날 비춰 주는
하늘이 있다는 것을
더 큰 빛을 주기 위해 바람과 먹구름을 모아
눈과 비를 퍼붓는다는 것을

이 순간도 난 그곳을 향해
새가 되어 잠행하듯 날아가지요

그대의 사랑이, 아무도 모르게 시작되고
아무도 모르게 깊어져 가는 것이듯

그대의 가슴속에 꼭꼭 숨겨진
나를 향해 더욱 푸르게 익어 가는

별의 발꿈치까지 둘러보고 돌아오지요

한 조각의 새벽 공기와
꽃잎을 스치고 가는 바람 소리만으로도
벅차오르는 마음을 꾹꾹 누르며
날마다 하루를 맞이하지요

그대의 사랑이, 아무도 모르게 시작되고
아무도 모르게 날아왔다 돌아가는 것이듯

양양

생전에 그토록 좋아하시던
큰이모의 바다를 보러 갔었더랬습니다
오래전, 묵은 옷처럼
다 털고 돌아온 줄 알았던 그리움의 머리카락은
어느새 바다의 발등까지 자라 있고
그날 바닷가 모래 위에
빼곡히 그려 놓았던 큰이모의 고운 눈썹과
흰 소라 같은 귀와
홍게 빛깔의 입술, 입술들
수평선 너머까지 파도에 휩쓸려 나갔다가
알을 품은 연어가 되어 돌아와
남대천 거친 물살을
휘적휘적 기어오르고 있었습니다

문지방

차이고 깎이고 쓸리는 곳에
아버지가 누워 계시다

부딪히고 살점이 떨어져 나가는 곳에
아무렇지도 않은 척
굳게 어금니를 물고 계시다

찬바람 들지는 않을까
온기가 새어 나가지는 않을까
자꾸 벌어지는 틈을 막고 계시다

세상에서 가장 춥고 어둡고 낮은 곳에
손과 등을 내주고 계시다

너무 우릴 사랑해서
날마다 우릴 보며 웃고 계시다

아버지의 산

아버지는 비가 오나 눈이 오나
폭음을 한 다음 날에도 새벽녘이면 어김없이
시내 한복판에 서 있는 산을 탔다

산을 타고 온 아버지는 모험을 마치고
먼 아라비아에서 양탄자를 타고 돌아온
신드바드처럼 얼굴엔 항상 빛이 돌았고
며칠을 굶은 듯 허겁지겁 밥을 드시곤 했다

어느 날 미술 선생님이
시내 한복판에 서 있는 산을 그리라고 했다
열심히 그린 나의 그림은 칭찬을 받았고
한달음에 아버지에게 달려가 그림을 자랑했지만
아버지는 잘못 그렸다며 몸소 산을 그려 주었다
그건 산이 아니라 거대한 새였다

안개가 낀 날에도 아버지는 산을 타러 나가셨다
안개 속에선 거대한 새 울음소리가 새어 나왔고

이따금 황금 깃털의 햇살이
후둑후둑 떨어져 내리고 있었다

아침마다 아버지는 산을 탄 게 아니라
거대한 새를 타고 날아올랐다 내려온 건 아니었을까
언젠가 아버지가 저 거대한 새를 타고
우리 곁으로 다시는 돌아오지 않을 것만 같았다

청사포

하얀 면사포로
반쯤 얼굴을 가린
다가가면 이내 자릴 뜰 것 같고
말을 걸면 영원히 대답할 것 같지 않은
열두 살 적, 처음 쿵쾅이는 가슴속에서
몰래 숨죽여 바라보았던
눈이 크고 맑은 소녀가
수평선 위에 걸터앉아 책을 읽고 있다
길고 푸른 머리칼을 흩날리며
책장을 넘기고 있다

스무숲 성당

스무나무 두 번 흔들렸다 멈추고
지붕을 덮은 종소리
박꽃처럼 하얗게 피었다 지고
풀 한 포기의 그늘조차 뽑아내는 햇볕이
성모상 앞에 두 손을 모은 채 서 있다
새들은 울음을 거둬들이고 성가처럼
십자가 위에 구름 몇 점 흘러와 가만히 턱을 괸다

숲 너머 보이지 않는 무언가를
비켜서 돌아오는 바람이,
지금 네가 본 건 침묵이란다
오래전 네 마음속 뒤꼍에서 몰래 쏟았던 한숨까지
살살이 들어 주시는 주님의 귀란다

귀띔하며 지나간다

막대기

마당 한 귀퉁이엔
얼마나 무거웠던지 부러질 듯
허리가 휜 막대기가
부들부들 떨며 지게를 받치고 있었습니다
몸 곳곳이 성한 데가 없었습니다
활처럼 휘더니 어디론가 튕겨 날아갔습니다
다음 날, 튕겨 나갔던 막대기는
어김없이 제자리로 돌아와
다시 지게를 받치고 있었습니다
지게엔 나무통 한가득
우릴 먹여 살리는
새우젓이 들어 있었습니다

밭

아버지만이 밭을 일구는 게 아니었다
밭 역시 오랜 가뭄으로 갈라진
아버지의 가슴을 일구고 있었다
새벽같이 일어나 자신의 몸을 고르는
아버지의 부르튼 손길을 따라 스며 들어가
가슴속 자꾸만 덧나는 상처를 갈아엎어 주었고
듬성듬성 인고의 씨앗들을 뿌려 주었다
잡초처럼 무성한 시름도 뽑아 주었다
아버지를 바라보는 갈색 눈빛의
흙은 밭의 햇볕이었고, 흙 내음은
밭의 이마에서 흘러내리는 땀방울이었다
그것들은 인고의 씨앗들이 아버지의 가슴속에서
뿌리내릴 수 있는 거름이 되었다
천둥 번개가 치고 비가 쏟아지는 날에도
뿌리에서 웃자란 가지들이 열매 맺을 때까지
밭은 아버지의 가슴을 일구고 있었다

산중산

그의 말은 한 시간 남짓한
무대 위의 공연이 전부였다 공연을 제외한
그의 인생은 통째로 침묵이었다
말은 호구를 위한 최소한의 수단에 불과했을 뿐

그 말마저 버리기 위하여 그는 산속으로 들어갔다
산은 침묵의 연속이었다 산의 삶을 살기 위하여
그는 제일 먼저 입고 있는 옷을 버렸다
나중엔 머릿속의 생각과 습관과 기억까지

고요를 엮고 깎아 지붕과 기둥을 세우고
튼튼한 한 채 집을 짓고 살았다
산에 떨어진 씨앗과 열매를 주워 먹었다
벌거벗은 몸 위에 씨앗들을 뿌려 놓기도 했다

세상을 구원할 유일한 밧줄인 줄 알았던 말은
그에게 끝내 지킬 수 없는 거짓이었고
상처였고 미사여구였으니

자신을 죽이는 칼이었고 독배였으니

낙엽이 쌓였다 흩어지고 다시 낙엽이 쌓였다
흩어지기를 몇 해가 지났을까
그의 콩팥에 민들레가 피어나고
그의 혈관 속마다 물고기들이 뛰어놀고 있었다

바람은 늑골에서 쇄골로 불고
귓속에서 둥지를 튼 듯 새들은 떠나질 않았다
고요는 입 속에서 한 시간 간격으로 모였다 흩어지고
그의 왼팔에서 오른팔로 계곡물이 흐르고 있었다

산속에 조그만 둔덕 같은 산이 하나 발견되었다
산 곁엔 누군가가 세워 놓은 팻말이 보였다
산중산山中山이란 글자가 팻말에 적혀 있었다
사람들은 그 산을 지날 때마다 산중산이라 불렀다

겨울이 오자 그곳에 잔설이 쌓였고 그 위로

찬바람이 훑고 지나갔다 그는 그만 재채기를 하였다
처음 걸린 고뿔이었고, 그게 그의 마지막 병이자
침묵을 깬 마지막 소리였다

눈의 여왕

그녀가 앉았다 간 자리에
모닥불이 피었습니다
산 그림자들이 내려와 언 손을 녹이고
하나둘 꽃들이 피어났습니다
밤마다 달빛은 꽃가지에 매달려 그네를 타고요
봄은 따뜻해질 때까지 그녀가
품어 주었다가 놓고 간 세상의 아랫목
파도 파도 얼음인 줄만 알았던
그녀가 들어앉아 있었던
내 마음에도 꽃이 피었습니다
아직은 걸음마 서툰 버들강아지가 기우뚱,
기우뚱 걸어 나오고 있었습니다

서부시장

아무리 팔월의 햇살이 길다 해도
이곳에 닿으면 칠부바지처럼 짧아지고 만다
남보다 하루를 먼저 살아가는 사람들
라면에 고춧가루를 훌훌 풀어 먹고는
햇볕이 아직 일어나지 않은 시간 한가운데에
부리나케 간이 천막을 치고
수레 가득한 생업들을 내려놓는다
결곡할 만큼 하얀 그들의 생애를 드러내며
하염없이 내려지는 배추단들,
그 배춧속의 싱싱한 허파를 꺼내 놓기도 하면서
그들의 하루는 시작된다
몇 번인가 뛰어내리려고 발버둥을 쳤던가
자식의 학년처럼 무섭게 올라가는 가난의 언덕에서
그들의 소원이 있다면 한 번만이라도
새가 되어 날아올라 보는 거
세상의 중력이 닿지 않는 저 구름 위에
한 채 둥지를 짓고 살아 보는 거
오늘도 가슴속에 소원 하나씩 품고 사는

서부시장 사람들은 좌판 위에 서서
싸아요 싸요 고올라 골라 날갯짓하듯 박수를 치며
하늘을 향해 쿵쿵 발을 구른다

산모퉁이 부처

부처님 귀가 큰 건
조금이라도 더 듣겠다는 거다
부처님 눈이 지긋이 감겨 있는 건
우리 생각만 하겠다는 거다
부처님 손바닥이 펼쳐져 있는 건
다 내주겠다는 거다
부처님이 몸이 똑바로 서 있는 건
모두 편히 쉴 때까지 앉지도,
눕지도 않겠다는 거다

선바위

여주강에 가면
아직도 바위가 서 있어요
완행버스 타고 언덕을 넘어가면
한달음에 뛰어나와 날 맞아 주던
자두 먹고 탈 난 밤,
달처럼 뜬눈으로 내 배를 쓰다듬어 주던
내가 원하면 달까지라도 날 업고 갈 것 같던
조금씩 집에 갈 날이 다가올수록
식사도 드시는 둥 마는 둥
하다가 내가 짐을 싸고 나서면
여주강처럼 흐르는 눈물을 손등으로 훔치며
저만치서 손 흔들어 주던
세월도 끝내 들어내지 못한
외할머니가 서 있어요

점박이 아저씨

학교 소사였다. 흐린 등과 꺼진 연탄불도
망가진 의자와 책상도 그의 손이 닿으면
마술처럼 새것이 되어 돌아왔다.
아이들은 그의 이마에 유난히 큰 점이 박혀 있어
점박이 아저씨라 불렀다. 한번은
교장 선생 훈시 때 마이크 고장이 났다.
처음으로 고치지 못하자 전체 학생들 앞에서
크게 꾸지람을 들었다. 그날 저녁,
그는 망치로 으깬 북어와 소주로 속을 달랬다.
그의 유일한 낙은 쪽문을 열어야 겨우
몇 줌의 햇살이라도 들어오는 학교 지하 창고에서
습한 어둠과 먼지를 먹으며 아이들이 버린
공책이나 폐지 위에 꽃을 그리는 것이었다.
꽃을 그릴 때면 그의 몸에서 향기가 났다. 그에게
꽃을 그리는 건 천국으로 가는 왕복 티켓 같았다.
하지만 날이 갈수록 학생 수가 늘어났고,
교장 선생의 폭언도 잦았다. 병까지 얻은 그는
폐지 위를 꽉 채운 한 송이 꽃을 그려 넣고

숨을 거두었다. 마지막 한 송이 꽃 위엔
쪽문으로 날아든 흰나비가 앉아 있었다.
어쩌면 그에게 천국은 먼 데 있는 게 아니라
하루 종일 습한 어둠과 먼지를 먹으며
무수한 꽃들이 피어났던
지하 창고일지도 몰랐다. 자신이 그려 놓은
꽃들을 하나하나 어루만지듯 날아다니는
흰나비의 날개엔 큰 점이 박혀 있었다.

• 후일담

　어떤 아이들은 점박이 아저씨가 땅을 파다 용이 되려고 승천
하는 이무기의 목을 실수로 잘라 죽였다고 생각했다. 학교 행사
때마다 비가 오는 건 그 때문이며, 이무기의 원한을 달래기 위해
평생 꽃을 그려 바치다가 그만 병을 얻어 그가 죽은 거라 생각했
다. 이듬해에도 학교 행사 때면 여지없이 비가 내렸다. 누구의 말
이 옳은지 그것은 중요하지 않았다.

수학여행

토함산에 막 떠오른 햇덩이 같았다
옷과 얼굴이 눈이 부실 정도로 하얀
그녀를 중심으로 사람들은 행성처럼 떠 있었다
무언가를 찾고 있는 듯 그녀는 토함산 전망대에서
천천히 고개를 돌리며 경주시를 바라보고 있었다
불국사에서 이물질이 들어간 두 눈을 잠깐 비볐다
뜬 순간 먼 과거에서 시간여행을 온 듯
어리둥절한 표정으로 내 앞에 나타났던 그녀를
토함산 전망대에서 다시 만난 것이다
불국사에서도 그녀는 무엇인가를 찾고 있었다
난 그녀의 시선이 어디쯤에서 머물지 궁금했다
그녀가 어딘가를 응시하고 있을 무렵
집합하라는 담임 선생님의 목소리가 들려왔다
하는 수 없이 난 수학여행 버스에 올랐고
점심을 먹은 우리의 다음 행선지는 영지影池였다
백제 여인 아사녀가 석가탑을 쌓고 있는
남편 아사달을 찾아왔으나 만나지 못해 낙망하여
몸을 던져 죽은 곳이었다 그녀를 기리기 위해

우리는 아사달이 만든 영지석불좌상으로 향했다
조금 전 토함산 전망대에서 보았던 그녀가
석불 앞에 합장을 한 채 눈물을 쏟고 있는 게 아닌가
그녀가 시선을 고정하고 응시한 게 이곳이었을까
난 그녀에게 다가가 물어보고 싶었지만 그녀는
소나무 길을 돌아 영지 쪽으로 걸어가고 있었고
뒤따라갔을 땐 자취를 감춘 뒤였다 영지 위로는
어떤 물체가 뛰어든 듯 큰 파문이 일고 있었다
우린 불국사 앞에 있는 여관에서 일박을 했다
내 머릿속은 온통 그녀 생각뿐이었다
그녀는 남편을 찾아 먼 신라에서 시간여행을 온
아사녀가 아니었을까 그리움은 세월도 죽음도
발을 들일 수 없는 성역 같은 것일까
난 지금도 그날이 떠오르면 이물질이 들어간 척
두 눈을 비볐다 떠 보며 다시 그녀가 나타나기만을
기다리는 것이다 그날의 모든 일이 우연이었기를
아니, 그날의 모든 일이 절대로
우연이 아니었기를 간절히 바라는 것이다

4부
지붕 위에 소

토성

달이 떴다, 구름에 가려
반의반만 보인다
머나먼 토성에서
자전거를 타고 돌아온 아이들이
마을 어귀로 들어온다
느티나무가 품고 있는 집
젊어서 과부가 된 준석이 이모의
목울대에서 울컥 쏟아지는
노래가 달빛처럼
집집이 흘러 들어간다

바람이 사철나무 그늘 아래를 지나며

사랑은,
내주면 내줄수록
뿌리는 더 깊어지고
가지는 하늘을 향해 더 큰 날갯짓을 하고
안아 주면 안아 줄수록
나뭇잎은 더 푸른 강물이 되어 출렁인다는 걸
꿈에도 모른 채
가지란 가지, 이파리란 이파리 모두 펼쳐 놓고
일 년을 하루같이
더 많은 이들을 기다리며 서 있는
저 사철나무처럼 하는 것이야

나무의 겨울

겨울은 나무에게
깨물어 안 아픈 데 없는 손가락들 다 출가시키고
최소한의 살림살이인
기둥과 텅 빈 가지뿐인 몸을
햇볕 속에 가지런히 내놓는 날이다
눈이 와도 찬바람이 불어도
마음만은 편한 날이다
그동안 자신을 아프게 하느라
온몸이 고달팠을 상념과 걱정에게도
두 다리 쭉 뻗고 쉴 수 있게
휴가를 주는 날이다

이사

지붕과 천장과
벽과 문짝이 무너져
담벼락쯤에서
서로 한 몸이 되어 만나 새로 지어 올린
한 채 집 속으로
구름 위에 얹혀살던 햇볕 일가가
이사를 간다

깃털

부리와 발톱
울음에서부터
날개까지 다 내려놓은
깃털 하나,
천 길 적막 속으로
산과 산들을
수레처럼
끌고 들어간다

산중화채

누가 알거나
구름으로 덮인 산 중턱
한 그루 고로쇠나무가 지키고 서 있는
옥같이 맑은 샘물에
머루랑 다래랑 오디랑 산딸기랑 띄워 놓고
입맛이 떨어지거나 목이 마를 때
가끔씩 올라가
버들잎 같은 구름 몇 점 띄워 놓고
사슴이랑 다람쥐랑 둘러앉아
후르르 마셔 보는 그 맛,
산중화채

소주

계곡을 흐르다 잠시
움푹 파인 암반 속에서 쉬고 있는
맑은 물이다

송사리 두어 마리
제 그림자를 이끌고 붓글씨를 쓴다
때론 그림자 두어 개가
송사리를 붙들고 붓글씨를 쓴다

느닷없이 소금쟁이가 내려앉으니
외세 침략이다
파문이 일다가도
이내 평화 조약을 맺는다

갈수록 뱃살이 붙는 고요가
기우뚱기우뚱
맑은 물 한가운데로 걸어 들어간다

외눈박이 돌부처

진흙밭 한 귀퉁이
몸뚱이를 버리고 귀와 코, 입과
한쪽 눈을 버리고 나머지 한쪽 눈만을 감고
처박힌 채 오랜 세월을
묵언 중인 외눈박이 돌부처
어느 날 그는 없고
붉은 연꽃이 진흙밭을 덮었다
낡은 탱화처럼 걸린 저 노을 속으로
한쪽 눈마저 버리고 갔는지
그곳에서 붉은 연꽃 되어 돌아왔는지
아무리 찾아보아도
흔적조차 없다

고추잠자리

삼나무가 놓은 어둠의 길
밤새 달빛이 몽당빗자루 들고 구석구석 쓸어 주어

햇볕은 눈 감고도 언덕을 넘어오고
집 앞마당까지 뛰어온 강아지풀들은
어느새 뒤꼍의 적막과 함께 뛰어노네

오래 바람 속을 떠돌다 돌아온 고추잠자리

저울처럼 조용한 디딤돌 위에
그간 마음이 얼마나 가벼워졌나
살며시 발을 올려놓고 무게를 달아 보네

지붕 위에 소

우리 밖을 나간 적 없던 소는
지붕 위로 올라갈 수만 있다면
새처럼 날 수 있을 거라 생각했다
늘 지붕에 오를 궁리만 했다
어느 날 장마가 오자 소는
차오르는 물 덕분에 헤엄쳐
가까스로 지붕 위로 올라갈 수 있었다
늘 날아오를 준비를 했다
물이 빠지고 해가 비칠 때
드디어 하늘을 향해 조금의 망설임도 없이
힘껏 뛰어올랐다, 아무도
하늘을 나는 소를 끌어 내릴 수 없었다

외딴 절

감나무의 감은 새에게 주고
약숫물은 밤마다
제 얼굴 비추고 가는 달에게 주고
대숲은 날마다
헝클어진 머리를 빗고 가는 바람에 주고
손바닥만 한 마당은 햇살에게 주고
한 번도 암자 밖을 나간 적 없는
사철 가부좌를 튼 스님은
탱화를 덮은 한 줌 먼지만큼의 고요라도 되셨나
밥 짓는 연기조차 핀 적 없는
저 굴뚝에 앉았다 가는 구름이라도 되셨나
드나드는 건 풍경 소리뿐

전야

눈이 내렸다. 뒤엉킨 실타래가
차례차례 풀려 나가듯. 거리도 순조롭게
가로수 밑으로 길을 내주었다.
그 길을 따라 꼭 쥐었던 주먹을 펴며
쌓이는 눈들. 때론 양어깨에 날개를 단 듯
가볍게 떠올랐다. 적막의 고기 떼 낮은 곳에서
더 낮은 곳으로 몰려드는 밤. 귀 기울여도
눈의 발자국 소리는 들리지 않았다.
삐걱거리는 복도를 조심스럽게 빠져나오듯
발뒤꿈치를 들며 흘러가는 눈의 숨결들.
발을 맞추며 손에는 하나씩 환한 호박등燈을 들고
서로의 등을 밀어 주면서 걸었다.
새빨간 거짓말처럼 그들이 지나간 자리엔
새 길이 놓이고 그 길 위엔
하얗게 핀 분꽃들이 술렁거렸다.

달 차

산속 호수에 달을 띄워 놓고
적막이 차[茶]를 우리고 있네
들꽃 향기처럼 스미는 달빛
물비린내 사라지고
한 점 구름이 코를 박은 채
천천히 목을 축이네
정적을 깨뜨리며 뛰어오르는 잉어에 놀라
한쪽 발을 빠뜨린 고라니가
몸을 가누고 다시 차를 마시네

노란 의자

노란 의자는 길조차 없는
시냇물 건너 산기슭에 놓여 있었다
언뜻 보면 막 알을 깨고 나온 병아리 같았다
노란 양초 같기도 했다
너무 일찍 핀 산수유인 줄 알고
뛰어간 사람도 있었으나
경사가 심해 더는 가지 못했다
의자를 닮은 이 산에 박혀 있는
노란 색깔의 바위일 수도 있었다
조용하고 차분해 가부좌를 한 부처로 본 듯
합장을 하고 간 노인도 있었다
노란 의자란 말도 색깔과 형태만 그런 것이지
누구도 가 봤다는 사람은 없었다

침입자

이 산의 침입자가
비명을 지르며 솟구쳐 오르는 장끼들이 아니라
풀을 뜯다 후다닥 자릴 박차고
달아나는 고라니들이 아니라
배에 큼지막한 구멍이 난 채
바위에 걸려 고꾸라지는
바람 소리도 아니라
발을 헛디뎌 우지끈 나뭇가지를 부러뜨리며
엉덩방아를 찧은 바로 나라니

기적

동구 밖 낟알처럼
뒹구는 뻐꾸기
눈 그치고 감나무 가지에
흰 덧니 같은 목련꽃 피어오르면
감나무목련꽃같이
떠나고 돌아옴도 없이
이슬만 먹고 살겠다고
바람과 구름과 달과 함께
감나무목련꽃같이
늘 웃으며 살겠다고

낙관

그의 손엔 붓이 들려 있었다
팔레트엔 온갖 색깔의 물감들로 가득했다

붓이 닿은 곳마다
찢기고 파인 들판엔 토끼풀들이 뛰어다니고
능선엔 얼음 풀린 저수지처럼
진달래꽃들이 출렁거리며 차올랐다

한쪽 구석엔 냉이를 뜯다 만
아이가 엄마의 무릎을 베고 잠을 자고 있었다

이제 이만하면 됐다는 듯
꾹 눌러 찍어 놓은 낙관落款 같았다

그가 노을 너머로 사라지고 있었다

뿌리와 날아오름, 그리고 치유

장정일(시인)

사람들은 아프다. 아픈 사람은 아프다고 신음만 하지
않는다. 아픈 사람은 약을 먹고, 수술을 받고, 진통제를
먹는다. 사람은 육체뿐 아니라 마음도 정신도 아프다. 최
근에는 동물도 짝이나 새끼가 죽었을 때, 혹은 그들과
함께 하던 반려인이 죽었을 때 슬픈 감정을 느낀다는 연
구 결과도 대중에게 수용되고 있다. 시인이라고 해서 아
프지 않을 리 없다. 아프지 않은 정도가 아니라, 낭만주
의 시대에는 시인이 세상의 병이란 병, 고통이란 고통을
홀로 차지했었다. 하지만 이 시대에는 시인의 병이나 고
통도 조금은 평범해졌다. 「봉은사」를 보자.

> 회사 근처라 자주 갔다
> 눈에 한 바구니 꽃을 캐어 오려고
> 귀에 한가득 새소리 담아 오려고
> 돌았던 길을 매번 걸으니 연꽃처럼 새겨진
> 나만의 둘레길이 사철 피고 지곤 했다
> 둘레길엔 관음보살 무릎 같은 돌이 있어서
> 쉬었다 가는 날이 많았다 그곳에서

승진은 필요 없고 오래 회사만 다니게 해 달라고
불자도 아닌데 기도를 드렸다
사는 게 왜 내 마음 같지 않느냐며
대웅전까지 찾아 들어가 따져 물은 적도 있었다
어떤 날은 청초한 한 그루 홍매화보다
절 밖 고층 아파트 쪽으로 고개가 돌아가는
내 맘속 소의 고삐를 붙들어 매 달라고 빌었다
언제나 묵묵히 나의 말을 들어 주는
부처의 크고 넓은 귀를 닮은 자비가
대로까지 날 마중 나와 있는 것 같았다
마음에 먹구름이 끼는 날에도 갔고
마음에 해가 뜨는 날에도 갔다
나를 옭아매는 그 뭐든 벗어 던지고 싶을 때도 갔다
극락이 별거더냐 바로 여기다 싶었다

—「봉은사」 전문

만약에 승진이 된다면 명예퇴직의 확률도 따라서 높
아진다. 또 승진에 따른 그만큼의 막중한 책임을 떠안음
과 동시에 실적 여하에 따른 책임도 커진다. 이러한 딜레
마에 빠진 시인 화자는 그래서 그저 "오래 회사만 다니
게 해 달라"고 불전에 기원을 한다. 그러면서 그의 고개
는 관성처럼 "절 밖 고층 아파트"로 저절로 돌아간다. 이

런 가장의 모습은 이 시대를 사는 우리들의 초상이 아닌가.

시인의 고통(염원)이 이토록 평범해도 되는 것일까. 나의 이상과 세계의 일치를 꿈꾸었던 저 먼 낭만주의 시대, 그리고 민족과 민중 해방에 경도되었던 이념의 시대에 볼 수 있었던 고귀한 고통에 비해 직장과 아파트에 목을 매단 시인의 고통은 그만큼 세속화되었다. 이것은 바람직하지 않은 걸까. 고통이 세속화된 만큼 높고 정갈한 뜻은 사라졌을지 모르지만, 시인들의 고통은 일상과 주변에 더 밀착하게 되었다.

시인의 고통이 아무리 세속화되었다지만, 이들은 개인의 고통만 아니라 인간이 겪는 보편적인 고통을 찾아내거나 함께 앓으려고 한다는 점에서 약간은 유별난 환자이다. 또 이들은 그 자신이 여러 가지 이유로 아픈 환자이면서 아픔을 치료하는 주술사이기도 하다. 그런데 시인이라고 불리는 이 주술사는 약초를 찾거나 환부의 고름을 짜는 일을 본분으로 삼지 않는다.

대신 이들은 언어로 만든 명약을 자신과 이웃에게 처방한다. 마치 나무에 기어오르는 나무늘보가 "지상의 고뇌란 고뇌는 모두 끌어모아/등 위에 짊어지고/나무 꼭대기에 올려놓으려 하는" 것처럼, 시인은 아픔이란 아픔이 "다시는 지상의 그 누구에게도/돌아가지 못하도록/아예

큰 구름 위에" 고통을 "붙들어 매어 두기 위해"(이상 「나무
늘보」) 시를 쓴다. 종이 위에 끄적인 시, 그것이 무슨 수로
중생의 고뇌를 없애 준다는 말인가. 시인은 약장수처럼
거창하게 말하지도, 장담하지도 않는다. 「등대집」을 보자.

등대집 하나 짓고 싶다.
열 평도 커 반 뚝 떼어 버리고
일 층은 주방 이 층은 침실 삼 층은 작업실
밤마다 시의 등불을 켜 두고 싶다.
바닷가가 아니라 깊은 내륙,
시의 등불로 도시의 밤을 지켜 주는.
먹고사는 일에 파묻히고
배반과 시기에 눈이 멀어
나조차 잊어버릴 날 많은 내 마음속에도
등대집 하나 세우고 싶다. 그곳에서
아직 낱말조차 되지 못한 자음과 모음의 별들을
새벽녘까지 품고 뒹굴다가
아름답고 의미 있는 것보다는
세상에서 가장 추하고 의미 없는 것들을 위해
온종일 빛을 뿜어 줄
햇볕 닮은 시를 낳고 싶다.

—「등대집」 전문

강이 "바다로가 아니라/누군가의 가슴에 안기기 위
하여//안겨서 깊이 박힌 못을 뽑아 주고/지워지지 않
는 못 자국을 씻겨 주기 위하여"(「소양강」) 흐른다는 시
인은, "아름답고 의미 있는 것"보다는 "세상에서 가장
추하고 의미 없는 것"들을 위해 시를 쓴다. 이런 다짐은
「막대기」라는 시에 이르러 선언으로만 끝나지 않고 세
속화된 고통의 고귀한 결실을 보여 준다.

마당 한 귀퉁이엔

얼마나 무거웠던지 부러질 듯

허리가 휜 막대기가

부들부들 떨며 지게를 받치고 있었습니다

몸 곳곳이 성한 데가 없었습니다

활처럼 휘더니 어디론가 튕겨 날아갔습니다

다음 날, 튕겨 나갔던 막대기는

어김없이 제자리로 돌아와

다시 지게를 받치고 있었습니다

지게엔 나무통 한가득

우릴 먹여 살리는

새우젓이 들어 있었습니다

—「막대기」 전문

오랜 농경사회의 흔적을 보여 주듯, 한국 시에는 최근에 발표된 시에 이르기까지도 지게가 띄엄띄엄 등장한다. 기억나는 것을 차례대로 적으면, 성미정의 「아버지는 지게」(『상상 한 상자』, 랜덤하우스코리아, 2006), 손택수의 「지게體」(『붉은빛이 여전합니까』, 창비, 2020), 김용만의 「지게」(『새들은 날기 위해 울음마저 버린다』, 삶창, 2021)는 모두 농경사회가 해체되면서 도시의 일용직 노동자로 내려앉은 아버지들의 삶이나, 더는 쓸모가 없어진 지게를 소재로 하층민의 고단한 삶을 그리고 있다. 하지만 지게'막대기'는 시인들이 지게에 주목할 때에도 하나같이 빠트린, 세상에서 가장 변변치 못하고 의미 없는 것이었다.

전문을 인용한 세 편의 시에서 공통되는 것은 '지금 여기서' 버티려는 시인의 현실주의다. 시인은 「봉은사」에서 "극락이 별거더냐 바로 여기다 싶었다"라며, 무한 경쟁과 책임, 그리고 불확실성과 불안으로 구조화된 지금, 여기의 현실을 수용한다. 「등대집」에서도 등대집을 짓되, 고독과 은거의 분위기가 짙은 바닷가가 아니라 "먹고사는 일"로 심심찮게 "배반과 시기"가 벌어지는 이 "도시"에 짓겠다고 한다. 그리고 「막대기」에서는 생활의 무게로 허리가 휠 정도였던 가장은 가족을 버리고 잠시 집을 나갔다가 언제 그랬냐는 듯이 "어김없이 제

자리로 돌아와" 있다. 이들은 "제 눈물의 뿌리를 향해 다시 돌아"(「비상」)오는, "날개가 있어도 얼마 못 가/다시 돌아오는 가슴이 작은 새들"(「돋보기」)인 것이다. 이 계열의 작품으로 가장 아름다운 시는 「벚꽃눈물」이다.

쌍계사에서 화개장터까지
뼈를 깎아 세운 가지와
살을 뚫어 틔운 꽃잎과
입술을 깨물면서까지 터뜨린 향기를
잇고, 붙여서 낸 벚꽃의 십 리 길
이제야 좀 쉬려 했는데
봄은 벌써 다 됐다고
돌아가자고 자꾸 재촉하니
함박눈 같은 눈물만 뚝, 뚝

—「벚꽃눈물」 전문

시를 쓰는 사람이나 시를 읽는 사람들의 몸과 마음이 아픈 것은 가족과 생업과 도시로 이루어진 세속의 자리를 지켜야 하기 때문이다. 이 과정에서 많은 현대인들은 환시나 환청과 같은 갖가지 정신병적 증상을 갖게 되는데, 이 시집 제2부에 실린 시들이 그런 증상을 열거하고 있다. 매우 흥미롭게도 이 계열의 시들은 잃어버린 고향에 대한 노스탤지어나 새로운 삶에 대한 동경으로 증상이 방어(위장)되고 있어서 그들의 환시와 환청이 정신병적 증상으로 쉽게 간파되지 않는다. 또 이 계열의 시에서는 앞선 계열의 시와 달리 화자들이 현실의 억압으로부터 도주하는 데 성공하기도 한다. 하지만 그 성공은 「초원」에서 보듯이 동물로 변신하고 나서야 가까스로 이루어진 비극적인 성공이며, 「신선국수」의 마지막 두 줄 "다시 돌아와도 못 먹을, 어쩌면 생의/마지막일지 모를 국수를 시켜 먹었다"처럼 불길한 것이다. (「봉은사」와 「등대집」은 제2부에 들어 있지만, 환시나 환청과는 거리가 먼 현실적인 시다.)

함명춘 시인의 네 번째 시집 『종』에서 세속적 고통은 현실에 붙박은 '뿌리'를 감싸 안으려고 하고, 현실로부터의 도피(극복)는 '날아오름'으로 묘사된다. 전자를 잘 보여 준 것이 「뿌리」이고, 후자를 대표하는 것은 「지붕 위에 소」다. 두 편의 시 가운데 한 편을 읽어 보라면 나는 「뿌리」를 읽겠다. "세상으로부터 뜯기고/베이고 할퀴이고 던져지고/쫓겨 온 것들"(「비 갠 후」)에게 바쳐진 이 시는 어디든 아프지 않은 곳 없는 우리에게 살아갈 의미와 용기를 주는데, 다 읽고 나면 미소까지 짓게 해 준다.

고드름의 전생은 추위와
배고픔에 얼어 죽은 나무뿌리였으리
집 한 채를 끌고 들어갈 듯이
땅을 향해 한 발 두 발 발걸음을 내디디며
이제는 추위와 배고픔을 거름 삼아
무럭무럭 자라나는 고드름
그의 꿈은 언젠가 땅속 깊이 뿌릴 내려
한 그루 나무가 되는 것이리
훗날 줄기를 내리고 가지를 뻗어
계곡을 덮고 산을 품에 안은
울창한 숲이 되는 것이리

　　　　　　　　　　　　　—「뿌리」 전문

　조근조근 읊조려 본 「뿌리」에서 실감할 수 있듯이
이 시집의 특징은 인간과 사물을 바라보는 시인의 따뜻
한 시선과 심성이다. 「살구나무」, 「저녁의 마음」, 「소신
공양」, 「종 이야기」에서도 그런 눈길과 마음씨를 느낄
수 있는데, 특히 「뿌리」를 읽고 미소를 지은 독자라면,
「물방울」을 읽고 나서는 자기 몸뚱어리를 두 팔로 껴안
아 보게 될 것이다. 시인은 이 시에서 인간을 물방울처
럼 쉽게 터지고 말라붙는 보잘것없고 비참한 존재로 형
상화하면서도 비참으로부터 도피하기보다는, 물방울처

럼 "잎에서 잎으로 줄기에서 줄기로" "배를 붙이고 기었다"고 말한다. 삶에 대한 이런 인식은 일면 가혹하게 여겨지기도 하지만, 물방울을 바라보는 시인의 따듯한 눈길에 의해 우리의 비참은 위로받고 치유 받는다. 위로와 치유는 뿌리와 날아오름의 대극적인 이미지를 하나로 통합해 주는 이 시집의 기반이다.

종

2024년 3월 20일 1판 1쇄 펴냄

지은이   함명춘
펴낸이   김성규
편집   김안녕 한도연
디자인   신아영
펴낸곳   걷는사람
주소   서울 마포구 월드컵로16길 51 서교자이빌 304호
전화   02 323 2602
팩스   02 323 2603
등록   2016년 11월 18일 제25100-2016-000083호

ISBN 979-11-93412-34-3 04810
ISBN 979-11-89128-01-2 (세트)